HISTOIRE D'UN CHEVAL

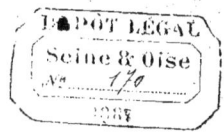
GUILLERI

HISTOIRE D'UN CHEVAL

PAR

G. GAULARD

CONTE

ILLUSTRÉ DE 16 COMPOSITIONS DESSINÉES PAR L'AUTEUR

ET IMPRIMÉES EN COULEUR

PARIS

LIBRAIRIE FURNE

JOUVET ET Cⁱᵉ, ÉDITEURS

5, RUE PALATINE, 5

—

M DCCC LXXXVIII

GUILLERI, HISTOIRE D'UN CHEVAL

Il était une fois un petit poulain si gai, si gentil, qu'on l'avait nommé Guilleri.

Pendant que sa mère travaillait, il galopait dans les champs et revenait de temps en temps quêter du pain ou du sucre que son maître lui donnait toujours.

Il amusait tout le monde par sa gentillesse, et tout le monde le gâtait.

A force d'entendre dire qu'il était beau, et de voir les gens le caresser, il avait fini par croire qu'il était le maître.

Et il n'y avait pas de farces qu'il ne fît.

Quand on donnait la pâtée aux canards, il la mangeait toute, et, quand la fermière lui disait : « Guilleri, c'est encore toi qui as mangé la pâtée, » il se tournait contre le mur sans répondre.

Il prenait aussi leurs tartines aux enfants, et se sauvait dans les champs en écrasant tout sur son passage.

Un jour même, voyant la salle à manger ouverte et le pain sur la table, il entra doucement, prit le pain et courut le manger dans un coin.

Il avait été vu, et il reçut une correction comme il n'en avait encore jamais eu.

Cela lui était bien égal ; sur le moment il se roulait par terre, de colère ; mais le lendemain il n'y paraissait plus.

Une autre fois alors, qu'il n'y avait encore personne dans la salle à manger, Guilleri, en entrant, crut voir un autre cheval devant lui ; c'était son image réfléchie dans une glace.

Guilleri veut jouer avec ce nouveau camarade, casse la glace, et, dans sa frayeur, renverse la table et toute la vaisselle.

Ce jour-là, son maître, fatigué de ses tours, le conduisit à une petite ferme qu'il possédait assez loin dans les bois.

Là, il fallut porter de la pierre et surtout des fagots pour le marché.

Plus de sucre, plus de pain, mais de gros fagots qui lui entraient dans les côtes.

Au lieu de se dire qu'il avait été méchant et de ne plus recommencer, Guilleri ne rêvait que malices nouvelles.

Il renversait ses fagots, ou, quand il allait au marché, il prenait le grand galop avec les canards, les œufs, les lapins et la fermière qui criait.

Lui riait, trouvant cela très drôle.

Mais un jour que la fermière, en tombant du méchant animal, s'était

fait une grosse bosse au front, son maître le regarda sévèrement et lui dit :
« Puisque tu ne veux pas vivre en paix auprès de nous, et travailler
comme toute la famille, tu vas partir pour la guerre. »

Et il fut vendu à un régiment de cavalerie qui passait dans le
village.

Guilleri s'en allait bien content, avec ces hommes si bien habillés,
persuadé qu'il n'aurait désormais plus rien à faire qu'à caracoler.

Mais on lui mit bientôt une lourde selle et un cavalier sur le dos.

Il les jeta de suite par terre et s'en fut au quartier, bride abattue.

Il fut vite repris et vigoureusement corrigé par son cavalier qu'il avait fait punir.

Ramené aussitôt à la manœuvre, il lui fallut tourner en cercle avec ses camarades, au soleil et dans la poussière, pendant deux grandes heures.

Il eut bien vite assez du manège et, le lendemain, il jeta encore son cavalier par terre. Cette fois il lui cassa le bras.

Un deuxième ayant pris sa place eut le même sort.

Enfin plusieurs cavaliers ayant été blessés de la sorte, Guilleri passa bientôt pour une bête dangereuse.

Chacun le bourrait en passant; les autres chevaux eux-mêmes, obligés de faire son travail, le regardaient d'un mauvais œil.

Lui passait son temps à manger, à dormir et à se moquer d'eux.

Il y avait déjà longtemps que durait cette mauvaise conduite, quand un vieux capitaine, qui s'y connaissait, entreprit de corriger cette bête vicieuse.

Il y avait dans la cour de la caserne un vieux cheval que l'on appelait Pelé, car il était si maigre et surtout si sale, que son poil tombait de partout et laissait de grandes places vides sur sa peau.

Il avait été beau dans sa jeunesse, mais il n'avait jamais voulu se laisser étriller, et il était devenu un objet de dégoût pour tout le monde. Il servait à traîner la voiture d'ordures de la caserne.

Le vieux capitaine, décidé à corriger Guilleri, et comptant pour cela sur Pelé, dit un jour au brigadier : « Amenez Guilleri, et sellez-le pour la

manœuvre. » On l'amène, et Guilleri de ruer, de se renverser. Le capitaine dit alors : « Eh bien ! mon garçon, tu ne veux donc pas gagner le pain que tu manges ? Nous allons tâcher de te trouver de l'ouvrage à ton goût. »

« Otez-lui sa belle selle et sa belle bride, mettez-lui un licou en corde et un torchon sur le dos ; » ce qui fut fait par le cuisinier.

« Attelez-le à côté de Pelé. »

Et Guilleri fit tout le tour de la cour attelé à côté de Pelé au milieu des rires de tout le monde.

Il essayait bien de se détacher et de se défendre, mais le tombereau était lourd, et les coups pleuvaient comme grêle sur son dos.

Le vieux Pelé avait beau lui dire : « Laisse-toi faire, laisse-les rire ; tout à l'heure, quand on s'arrêtera au tas d'ordure, c'est nous qui mangerons les trognons de choux et les épluchures, pendant que ces imbéciles manœuvreront au soleil. » Guilleri était honteux. Pelé tirait la langue aux officiers, mais on le méprisait.

La corvée de quartier recommença encore le soir, et, comme le matin,

tout le monde de rire. Guilleri fit son ouvrage sans murmurer; mais, quand on le détacha, il se trouva mal, et il fallut le porter à l'infirmerie.

Aussitôt qu'il fut un peu remis, le capitaine donna l'ordre de le seller, avec sa selle à lui, toute brodée d'or, et monta lui-même sur son dos.

Guilleri, qui ne voulait plus retourner à côté de Pelé, se mit à faire de si belles caracoles, que tout le monde sortit pour le voir.

Et, depuis ce jour, Guilleri, à jamais corrigé, comprit qu'il faut gagner l'avoine que l'on mange et se rendre utile à ceux qui ont soin de vous.

Il resta le fidèle ami du capitaine, qui gagna bien des batailles sur son dos, car il devint général, grâce à sa bravoure. Mais, un jour que les ennemis entraient en France pour prendre tout ce que nous avions, l'armée française se trouva écrasée par le nombre. Les ennemis arrivaient en masses profondes, et les soldats tombaient fauchés comme les épis.

Le général qui avait déjà chargé vingt fois se dévoua pour couvrir la retraite et, se tournant vers ses soldats, leur dit : « Enfants, il faut arrêter ces gens-là ou l'armée est perdue. En avant ! et toi, mon vieux cheval !

fais ton devoir. » Il le fit si bien qu'il porta son maître jusqu'au milieu
des ennemis qui reculaient.

Mais les balles et les boulets pleuvaient de toutes parts. Percé de dix
coups, le général se renversa en arrière en disant : « Ils sont trop ! »

L'armée était sauvée.

Le soir de la bataille, on trouva Guilleri et son maître étendus à côté
l'un de l'autre. On les enterra ensemble, et l'armée en parla longtemps.

CHEZ LES MÊMES ÉDITEURS

COLLECTION D'ALBUMS IN-4°

imprimés en couleur

TEXTE ET DESSINS

PAR

G. GAULARD

PELÉ LE SALE

GUILLERI
HISTOIRE D'UN CHEVAL

Monsieur et Madame Cadichon
ÂNES SAVANTS

LA MÈRE CADICHON
ET SES QUATRE ENFANTS

www.ingramcontent.com/pod-product-compliance
Lightning Source LLC
Chambersburg PA
CBHW061526170626
46811CB00004B/1855